PLVSIEVRS ODES

DE LA PASSION,

DE LA MORT, ET DE LA RESVRRECTION DE N. SEIGNEVR I. CHRIST,

Extraites de l'Escriture Saincte, des Hymnes,

STABAT MATER DOLOROSA,
Vexilla Regis prodeunt, & autres.

Dediées

A LA REINE REGENTE.

A PARIS,

Chez PIERRE SEVESTRE, au Mont S. Hilaire dans la Court d'Albret :
Et en sa Boutique au Parvis Nostre-Dame.

M. DC. XLVII.

Auec Approbation & Permission.

A
LA REINE.

MADAME,

Si la pieté vous éloigne des
choſes de la terre, pour vous éle-
uer à la contemplation des cele-
ſtes; Les Odes qu'humblement ie
preſente à voſtre MAIESTE', me
font auouer que ſon zele apli-
que tout ſon Eſprit à la medita-
tion de leur adorable Myſtere:
Puis que la premiere dépeint vi-

EPISTRE.

uement la conſtance de la Vierge
au pied de la Croix, ou la douleur du Fils eſt le glaiue qui perce le cœur de la Mere, & qui
fait de la Croix de IESVS celle de
MARIE ; Auſſi l'excez de ſon
amour & de ſes ſouffrances, gra-
ue dans nos ames la Paſſion d'vn
Dieu crucifié, dont le Sang nous
laue de nos crimes, & nous faict
paſſer de l'ignominie à la gloire
eternelle. MADAME, l'Ode ſe-
conde & les ſuiuantes, ſont de
IESVS mort en Croix pour nos
pechez, ou par vne charité toute Diuine, ſa Teſte ſe baiſſe pour
nous baiſer, ſes Bras s'étendent
pour nous embraſſer, ſon Cœur
s'ouure pour nous aimer, & ſon

EPISTRE.

Corps se donne pour nous rache-
ter : afin que tout le monde puisse
voir en sa Croix, la foy de l'Eglise,
l'amour des Eleus, le Trone des
humbles, la force des Martyrs, la
lumiere des Sages, & le salut de
tous. Dieu veuille, MADAME,
que par les prieres de la Mere, la
Croix du Fils soit toujours votre
amour, votre guide, & votre gloire, en faueur du Roy, de l'Est
& de Vous mesme : pour
à vos soins, & à vos pei.
Royale prosperité qu'à iama
leur souhaite,.

MADAME,

De vostre Majesté,

Le tres-humble, & tres-obeïssant
sujet & seruiteur RVELLE.

VERSION

DE
L'HYMNE

STABAT MATER DOLOROSA, &c.

ODE.

1

A Mere eſtoit debout épleurée & dolente
Pres de la triſte Croix qui ſon cœur violente,
Cependant que ſon Fils y demeura cloué :
Et comme de ſes maux ſon Ame ſe lamente,
Le glaiue rigoureux qui la perce & tourmente,
Voit de quelle vertu ſon amour eſt doué.

2

O que ſenſiblement fut triſte & affligée,
Cette benite Mere à iamais obligée
D'auoir ſon Fils vnique en ſon affeſtion :
Son deuil & ſa douleur accompagnoient ſa plainte,
Et trembloit de l'effroy dont elle eſtoit attainte,
Voyant ſon propre Fils en cette affliſtion.

3

Qui de tous les humains ne pleureroit de mesme,
Aussitost qu'il verroit en ce suplice extréme
La Mere de IESVS languir à tout moment?
Quelle ame ne seroit étonnée & marrie,
Son œil considerant la pieuse MARIE
Ressentir de son Fils l'indicible tourment?

4

Elle vit IESVS-CHRIST au milieu des tortures
Pour les sales pechez que font ses creatures,
Et son Corps flagellé des siens en tous endroits :
Elle vit ce cher Fils, d'vne sainte constance
Mourir cruellement sans aucune assistance,
Comme il rendit l'Esprit en l'arbre de la Croix.

5

O Fontaine d'Amour, Mere tres-inocente,
Que de votre doulcur la force ie ressente,
Pour faire qu'auec vous ie pleure abondamment :
Que mon cœur soit épris de votre sainte flame
En aimant votre Fils du profond de mon ame,
Afin que ie luy plaise & l'honore humblement.

6

Sainte Mere, en mon cœur grauez d'vne main forte
Les playes de IESVS, & faites que ie porte
Au costé, pieds, & mains, les marques de ses fers :
De votre Fils navré par les mains de l'enuie,
Et qui pour me sauuer voulu perdre la vie,
Partagez auec moy les maux qu'il a soufers.

7

Permettez que vrayment aupres de vous ie pleure,
Que la compassion en mon ame demeure

D'vn

D'vn Dieu crucifié le reste de mes iours:
D'auoir en votre dueil auec vous ma retraite
Pres de la sainte Croix, est ce que ie souhaite,
Pour accompagner celle a qui i'ay mon recours.

8

Vierge que nous voyons des Vierges la merueille,
Selon votre douceur au monde sans pareille,
Faites que votre dueil ordonne de mes pleurs:
Qu'il me face porter la mort du Roy celeste
Et de sa Passion l'outrage manifeste,
Pour me ressouuenir de toutes ses douleurs.

9

Que donc ie sois navré des playes de ses veines,
Que ie sois enyuré de sa Croix dans mes peines,
Puis que votre cher Fils aime diuinement:
Estant de son ardeur embrasé de la sorte,
Sainte Vierge a raison de l'amour qu'il me porte,
Que vous me defendiez au iour du iugement.

10

Faites que par sa Croix IESVS soit ma defence,
Que ie treuue en sa mort celle de mon offence,
Me faisant par sa grace agir de bien en mieux
Comme ce corps mourra, Vierge que tout a l'heure
Mon ame pres de vous obtienne sa demeure,
Pour y iouyr sans fin de la gloire des Cieux.

PRIERE.

VIERGE, Mere tres-sainte, qu'euftes la conftance de voir mourir votre Fils en Croix, ou toutes les playes de fon Corps furent celles de votre ame; A prefent que l'Eglife celebre la glorieufe Paffion du Fils & de la Mere, ie vous prie de tout mon cœur que ie me fente de votre deuil & de vos larmes, & qu'a mefme temps ie produife vn extréme regret de mes fautes. Mere de compaffion, que touiours votre charité purifie mes fens, illumine mon ame, humilie mon cœur, & me donne vn faint accroiffement de foy, d'efperance, & de charité, pour eftre mon affiftance en mon aduerfité, ma force en ma foibleffe, ma paix en mon inquietude, ma ioye en ma trifteffe, & ma confolation en toutes les miferes de cette vie. Reine de mifericorde, reglez toutes mes penfées, mes paroles, & mes œuures, pour éuiter les maux, & les peines du peché; afin qu'a l'heure de ma mort, votre cher Fils m'éleue a la gloire des Bien-heureux. Sainte Mere de mon Sauueur, qui fur la Croix a pris la foibleffe de la nature humaine, pour nous donner la force de fa diuinité; que par le merite de fon Sang, il vous plaife d'aneantir mes offenfes, & d'eftre ma défenfe contre les tentations de Satan, du Monde, & de la Chair; afin que ie viue & que ie meure en la grace du Pere, du Fils, & du fainct Efprit. Amen.

VERSION DE L'YMNE
VEXILLA REGIS PRODEVNT, &c.

Ode

1

LE Roy des Rois vient a produire
Ses drapeux, le monde voit luire
Le cher Mistere de la Croix ;
Par qui l'Auteur de la nature,
Pour le bien de sa creature
En chair est pendu sur le bois.

2

Là de la pointe d'vne lance,
Que dedans son cœur on élance,
Il est cruellement touché ;
Mais le sang & l'eau qu'elle tire,
Eteignent le feu de son ire,
Et nous liuent de tout peché.

3

Nous auons de la Prophetie
Que Dauid chanta du Messie,
L'effet en sa perfection ;
Disant qu'apres vn grief supplice,
Dieu regnera d'vn œil propice
Sans fin sur toute Nation.

4

Arbre splendide & honorable,
Orné de la pourpre adorable

Du Roy qui sauue les humains;
Votre chois illustre designe,
Que le bois de la Croix est digne
De toucher des membres si Saints.

5

Cet heureux Arbre, ou l'homme enserre
Le Dieu du Ciel & de la terre
Qui le deliure de ses fers;
Est fait de son Corps la balance,
Et par sa diuine puissance
Retire les bons des enfers.

6

Ie vous salue o Croix celeste
Notre esperance manifeste,
En ce temps de la Passion
Augmentez aux bons leur iustice,
Donnant aux autres de leur vice
Votre sainte remission.

7

O Dieu Trinité souueraine,
Que tout le monde mette peine
D'obeir a vos saintes loix;
Et touiours soyez la conduite
De l'ame a son salut réduite
Par le Mistere de la Croix.

PRIERE.

MON Sauueur, puis que la diuine splendeur du Mistere de la Croix remplit le Ciel & la terre de merueilles, que votre bonté m'accorde cette grace, de iouyr a toute heure des merites infinis de votre Passion, qui m'aprend que l'excez de votre amour & de mes pechez vous a dōné la mort, a dessein de me faire misericorde. O doux IESVS, le gloire des pecheurs qui se donnent a vous, que mon cœur ne quitte iamais le votre ; afin que votre crainte & votre amour soient la conduite de ma vie, pour rendre toutes mes actions conformes a votre sainte volonté, qui est l'esperance, & le salut de mon ame. Mon cher Redempteur, que vos heureuses playes me deliurent de mes afflictions, que leur Sang purifie mon cœur, & que la vertu de la Croix me tienne en paix auec tous : & comme vous auez plus de sentiment de ma perte que de vos douleurs infinies, faites que par votre grace i'obtienne a la fin de mes iours la vie eternelle, au nom du Pere, du Fils, & du saint Esprit. Amen.

DE LA PASSION
DE NOSTRE
SEIGNEVR I. CHRIST,
ODE.

*Extraite des Versets 1. 2. 10 11. 12. 13. 14. 15. 16. 17.
18. 19. du Pseaume 21.*

Deus meus respice in me, &c.

I

SEigneur mon Dieu voyez lo douleur de mon ame:
Pourquoy me laissez vous comme ie vous réclame,
Soufrant pour les pechez que les hommes ont faits
O mon Dieu c'est a vous que le iour ie m'écrie
Sans me voir exaucé ; si la nuict ie vous prie,
D'auoir pitié de moy, ce n'est pour mes forfaits.
Vous donc qui des l'instant qu'en ma mere i'eu l'estre,
Parutes mon vray Dieu ; sur la fin de mes iours
Faites en mes tourmens votre bonté paroitre,
Ne pouuant esperer que d elle mon secours.

2

Plusieurs hommes brutaux ont saisi ma personne,
Les grands comme taureaux a qui la force donne
Vn orgueil furieux, sont a l'entour de moy :
Ils ont ouuert sur moy leur bouche qui m'outrage
De mesme qu'vn lyon, qui rugissant de rage

Déchire auec plaisir ce qu'il a deuant soy:
Ils ont tout épuisé mon sang par ce martire;
Dans mes cruels tourmens tous mes os ont lasché;
Mon cœur dans ma poitrine est fondu comme cire,
Et comme vn test de pot ie me voy desseché.

3

A mon palais aussi tient ma langue alterée;
Et Dieu l'ayant permis, la mort m'est asseurée;
Estant suiuy des chiens qui sans aucun repos
Aspirent a ma fin, & qu'elle est poursuiuie
De ces malicieux, qui pour auoir ma vie
M'ont percé pieds & mains, & conté tous mes os
Ils se sont réiouys de me voir de la sorte,
Et qu'ayant diuisé mes vétemens entr'eux;
Ma robe seulement au sort du ieu les porte,
Pour voir a qui l'aura de tous ces malheureux.

DE LA MORT ET DE LA RESVRRECTION DE NOSTRE SEIGNEVR IESVS-CHRIST.

ODE.

Extraite des Verſets 7. 8. 9. 10. 11. du Pſeaume 15.
Conſerua me Domine, &c.

1

IE loueray mon Dieu des graces qu'il m'a faites,
Et mes affections de ſon amour extraites,
Sans fin accompliront ce qu'il ordonnera :
Touiours deuant mes yeux mon Dieu ie me propoſe,
Et luy dans mes trauaux mon ame ſe repoſe ;
Puis qu'il eſt auec moy , rien ne m'étonnera :
Ce qui donne a mon cœur cette réiouyſſance,
Dont ma langue auec luy s'éiouyt pleinement ;
Que mon corps doit mourir auec cette eſperance,
Qu'il ſera peu de iours dedans le monument.

2

Dieu ne delaiſſera l'ame tresinocente
De ſon Saint aux enfers y faiſant ſa deſcente
Pour retirer les bons de leur captiuité :
Il ne permettra point que ſa chair toute pure
Dans le tombeau reſſente aucune pourriture,

La

La faisant persister en son integrité,
Dieu m'ayant enseigné le chemin de la vie,
Sa face me rendra diuinement ioyeux;
Et assis a sa dextre, vne gloire infinie
Me fera posseder les delices des Cieux.

VERSION DE L'HYMNE

IESV NOSTRA REDEMPTIO, &c.

Faite par sainct Ambroise.

ODE.

1

IESVS notre redemption,
Notre pieuse affection,
Et le desir qui nous anime:
O Dieu le Createur de tous,
Et homme vraiment comme nous,
Pour estre fais notre victime.

2

Quelle clémence a surmonté
Votre diuine Majesté,
Qui prend tous nos crimes sur elle:
Soufrant vne cruelle mort,
Qui fait voir le foible & le fort
Exents de la mort eternelle?

3

Penetrant les forts des enfers,
Retirant vos captifs des fers

Qui les detenoient en misere,
Estant assis victorieux
Par ce triomfe glorieux
A la dextre de votre Pere.

4

Faite que cette pieté
Détruise notre iniquité,
Pardonnant a qui vous offense :
Et nos vœux accomplis en paix,
Vous nous repaitrez a iamais
De votre celeste presence.

5

Soyez notre ioye icy bas,
Vous qui serez de nos combats
La recompense & la victoire :
Et faites éternellement
En vous louant iournellement,
Que votre amour soit notre gloire.

VERSION DE L'HYMNE
AVE MARIS STELLA, &c.
Faite par Robert Roy de France.
ODE,

1

NOus vous saluons humblement
Estoille de mer admirable,
de Dieu la Mere venerable,
Et Vierge heureuse infiniment,
Du Ciel la porte fauorable.

2

Prenant cet Aue gracieux
De Gabriel, qui vous l'adresse
Comme a sa diuine Maistresse;
Donnez a tous la paix des Cieux,
Changeant le nom d'Aue en liesse.

3

Ostez les fers aux criminels,
Rendez aux aueugles la veuë,
Chassez les maux dont est déceuë
Notre ame, & des biens éternels
Obtenez qu'elle soit pourueuë.

4

Montrez vous Mere, & de vos mains,
Reçoiue nos humbles prieres,
Celuy qui voyant nos miseres

Est né pour sauuer les humains,
Votre Fils & Dieu de nos Peres.

5

Vierge la merueille de tous,
En vertu, douceur, & clémence ;
Faites qu'absous de toute offence,
Vous nous rendiez chastes & doux,
Estant notre sainte defence.

6

Faites nous viure purement,
Et suiure de IESVS la trace ;
Afin que le voyant en face,
Nos ames éternellement
S'éiouyssent de cette grace.

7

Que Dieu le Pere soit loué
Et reueré de ceux qu'il aime,
Ce respect a son Fils supréme
Et au sainct Esprit soit voué ;
L'honneur des trois estant vn mesme.

A MON DIVIN SAVVEVR.
ODE I.

1

O IESVS le bonheur des hommes,
Et le Dieu de tant que nous sommes,
Lauez de votre Sang nos cœurs;
Purifiez les plus infames,
Et sans fin rendez nous vainquers,
De tout peché qui pert nos ames.

2

En votre mort est notre vie,
Puis que notre gloire infinie
Nous vient de votre sainte Croix;
Iesvs qui vous mange & vous aime
En obeissant a vos loix,
Vit en vous, & vous en luy mesme.

3

Cette viande solennelle,
Source de la vie éternelle
Ou regne son Corps glorieux;
A tous nos péchez fait la guerre,
Donnant la Couronne des Cieux,
Apres les combats de la terre.

4

IESVS voyant notre misére,
Sauue l'ame qui la reuére,
Et suit la trace de ses pas;

Faisant a sa plus grande gloire,
Qu'a l'heure mesme du trépas
Il est notre sainte victoire.

5

Puis que par sa misericorde,
IESVS la grace nous accorde
Qui consume l'iniquité ;
Le cœur ou son amour abonde,
Surmonte par son équité
Les démons, la chair, & le monde.

6

Estant donc notre amour intime
Et notre céleste victime,
Secourez nous iournellement ;
IESVS priuez nous de tout vice,
Et faites qu'éternellement
Nous soyons a votre seruice.

7

O Dieu du Ciel & de la terre,
Venez mettre fin a la guerre
Qui nous accable sous le fais ;
Donnez a tous la foy promise,
Et que dans vne sainte paix
Soit a iamais toute l'Eglise.

ODE II.

I

PVis que le sang de vos veines
Met fin a toutes nos peines,
Pour viure en paix dans les Cieux;
Iesvs mon ame vous prie
Qu'elle soit touiours nourrie
De vostre Corps précieux.

2

L'iniquité qui ne cesse
De faire voir ma foiblesse,
Trouble souuent ma raison;
Et mon mal seroit extréme,
Si de sa bonté supréme
Ne venoit ma guérison.

3

C'est le Dieu que ie réclame,
Qui purge & nourrit mon ame
Du sang de ses propres mains;
C'est luy qui vient a mon aide,
Et me donne le reméde
Qui sauue tous les humains.

4

Malheur donc a la personne
Qui ne suit ce qu'il ordonne,
Pour auoir cette faueur;
Il est a qui le demande,
Et qu'il fait ce qu'il commande,
Herise de son Sauueur.

5

Ie déplore cette race
Qui se priue de la grace
De nos Sacremens ;
L'enfer venge cet outrage,
Et sur telle gens sa rage
Ne finit ses chatimens.

6

La peine dont est suiuie
La mort d'vne telle vie,
Vient de son déreiglement ;
Son mal est sa récompense,
Et l'horreur de son offense
Montre son aueuglement.

7

Quand vn grand regret nous touche,
IESVS bénit de sa bouche
Notre humble confeßion ;
Et luy mesme nous pardonne,
Comme le Prestre nous donne
Sa sainte absolution.

8

Außi la chair delectable
Que nous mangeons a sa Table,
Pour estre bons, purs, & forts ;
Rend heureux les miserables,
Guérit les maux incurables,
Et fait reuiure les morts.

VER-